願わくは

さいとう ゆういち

文芸社

目次

願わくは

「二人のことは、休憩しようね」

「……ありがとう」

「こっちのごめんなさいの話だよ」

「必ず連れ戻すから」

「……うん。分かった」

「ありがとう」

「心迷」

必ず……

その一心のみ

失う代償があまりにも大きすぎる

まさに死に物狂い

失って気づくこともある
失う必要なんてなかった
当たり前の安心感
そして
当然の喪失感
何も成し遂げていない
夢だけでこの世は生きていけない

形にしなければいけない
納得させなければいけない
納得とは形である
実に不甲斐《ふがい》ない
時間はたっぷりとあった
言わせてしまった

苦しいのに
分かっていた
いや、分かった気でいた
人一人幸せにすることもできない
涙とは
悲しいとき
嬉しいとき

寂しいとき
悔しいとき
虚《むな》しいとき
それらどれでもない
失ったとき
一縷《いちる》の望み

待っていてくれるだろうか
楽しかった
間違いなく楽しかった
幸せでもあった
ずっと続くものと思っていた
ずっと続けなければいけなかった
続けることができなかった

いったい何を見ていた
夢を見ていた
今まで何をしてきたのか
何もしていない
雨か
土砂降《どしゃぶ》りだ

この雨は

止むだろうか

そして……

神のお告げ

冷たい風。
でも、なぜか心地よい風。
晴れ渡る空にこの風は、やっぱり悪くない。
永遠に続くような松並木の通りを歩く。
永遠なんてものは存在するのだろうか。
この松並木もいつかは終わる。
ただ、今は見えない。ずっとずっと先。
そして、右手を流れる川。

向こうから流れてくる。
いったいそこには何があるのか。
何のために流れるのか。
左手には等間隔に置かれたベンチ。
松並木を眺めるには最適だ。
思いにふけるのにも最適だ。
こんな心地よい風の中で。

神はそこにいた。
ベンチに座り真正面を見つめている。
何をするでもなく、ただ、そこにいた。
僕は足を止めた。いや、止まっていた。

止まらなければならない何かを感じた。

「冷たい風ですね」

その言葉は風に乗って僕の耳まで届いた。

「とても気持ちいい風ですね」

これは、僕に言っているのか。

僕の周りに人はいないし、神の目の前にも誰もいない。

神は一人で座っている。

「しかも、いい天気です。雲ひとつ無い」

僕は神に近づいた。いや、近づいていた。

まただ。

体が勝手に反応しているようだ。

さらに僕は、神が座っているベンチの横まで歩かされた。

「冷たい風ですね」

「は、はい」

とても緊張している僕がいた。

声が上ずってしまった。

この反応は僕のものだろうか。

「悪くないですね、こういう風も」

違和感を覚えた。

何だろうこの感じは。

ただ、表現することができない。

「座らないのですか？」

神は僕を見た。

柔らかい。僕は神をそう思った。

それ以外の表現が出てこなかった。

「い、いいんですか？」

「駄目な理由を教えてください」

僕は何も言わず、神の隣に座った。

そして、神はまた真正面を向いた。

僕もまた、それに倣《なら》った。


何分が経過しただろう。

いや、実際はほんの数秒かもしれない。

僕には、とても長い時間の経過に感じた。

「どうですか」

「はい？」

「心が落ち着きましたか？」

「い、いや……」

僕は戸惑ってしまった。

実際、落ち着くはずがない。

僕の意思でここに居るとも言えない。

導かれた。

僕は、そう思っている。

「分かりますよ」

神は静かに言った。

見透かされたのか。

会ってたった数分。

いったい何が分かるというのか。

心地よい風が僕の目の前を通り過ぎた。

「気持ちいい風ですね」

「そ、そうですね」

これは、本心だった。

神はどう思っているのか。

「あなたに、風が見えますか？」

「風……ですか？」

「そうです、風です」

僕は何気なく辺りを見回した。

その行為に意味があるとは思えない。

ただ、じっとしていることができない。

神の一言一言にはきっと意味がある。そう思えるようになった。

そして感じ取ろうとした。神の真意を。

「あなたには、風が何色に見えていますか？」

「色……ですか？」

「質問を質問で返すのが得意なようですね」

「……すみません」

「いやいや、そういう意味で言ったわけではありません」

神は少し笑った。

僕も少し笑ってしまった。

条件反射だ。

「あなたが笑うのを初めて見ました」

「いや、すみません」

「謝るのも得意なようですね。でも、嫌いじゃないですよ」

僕は神に初めて会ったのだろうか。

以前どこかでお会いしましたか？　そんなことを思ってしまう。

説明はできないが、近さ、というものを感じる。

「今さっき通った風、何色に見えましたか？」

とても難しい。頓智《とんち》？と思えるほどである。

風に対してそんな見方をしたことがない。
そもそも、色？
神には見えているのか？
「答えなんて無いのかもしれません」
神は即座に言い放った。
意外な一言に僕は神のほうを見てしまった。
「ですが、今、私が見て思う風の色と、あなたが見て思う風の色は違うと思いますよ。
同じ時、同じ空間であっても」
僕は神が見ている方向に意識的に目を向ける。
だが、答えは出ない。
いや、答えはないのか。
まったくもって分からない。
「目で見たものが全てではありません。例えば、景色を見てどう思うかは人それぞれ違います。特に、絵画とかがそうですね。感受性に同じものなんてありません」

理解はできる。

ただ、やっぱり難しい。

僕は意を決して質問することにした。

「つまり、どういうことですか？」

さっきまでの天気が嘘のようだ。

雲というのは、集まるとこんなにも黒くなるものなのか。

そのうち雨も降るだろう。

「物にはいろいろな見方があります。十人十色《といろ》です。ある者が赤いと言ったら、その赤にも何通りもの色があります」

僕は聴き入ってしまっている。

僕はここで発言してはいけない。

聴かなければいけない。

そして、考えるべきなのだろう。

「淡いのか、濃いのか、それ以外なのか。もしかしたら、反対側は赤ではないのかもしれません」

分からない。

まだ、分からない。

この後、どうなっていくのか。

「二人で見ていたものは同じ幸せでしたか？」

「……」

僕は言葉にならない言葉を発した。

それは、僕を締めつけた。

急に核心に迫ってきた感じだ。

僕は……。

「あなたの過去は分かりません。どのような道を歩んできたか知る由《よし》もありません。

最初は良かったのでしょう。最初は幸せだったのでしょう。お互いに。ただあなたは、正面からしかその幸せを見ていなかった」

そこで一旦神は止めた。

そして、神は続けた。

「上から覗《のぞ》きましたか？　下からも見上げてみましたか？　左右に回り込んだりしましたか？　無論、反対側なんて気にしていなかったのではありませんか？」

僕は立ち上がった。

これは僕自身の意思で。

しかし、意思に反していたのは涙だった。

涙とはこんな簡単に現れるものなのか。

そして、こんな簡単に流れるものなのか。

止めることができない。

止める術《すべ》を僕は知らない。

永遠に続きそうな気がした。
「雨ですね」
雨……。
今の僕には、分からない。
ただ、このベンチに雨よけがあることに今さらながらに気づく。それだけは分かった。
「通り雨でしょう。じきに止みます」
神は何でも知っている。
僕の思考、僕の行動。
今になって悔やんでも、悔やみきれない。
僕は前に進むことができない。
この足かせはとてつもなく重い。
そして、とてつもなく大きい。

「ぼ、僕には……」

僕は……。

「幸せになる……権利がありますか？」

ふり絞って出した言葉だ。

これ以上出てこない。

神……。

「はじめから幸せを知っている人なんていません。もしいたとしたらそれは、その人にとっては幸せではありません。その人にとっては普通のことなのです。つまり、本当の幸せを知らない不幸な人です」

僕は……。

「それより、座りませんか？」

僕には座るしかなかった。

座ることが最良の策なのだろうか。

ただ、今の僕にはそれをするしかなかった。

「あなた一人が幸せになることは容易です。でも、あなたは違うのですよね。自己満足では駄目なのですよね」

――そうです。今さらながらに気づいた感情です。

僕はうなずくことしかできなかった。

うなずくのが精一杯の発言。

「おそらく二人が見ていた幸せは同じものでしょう。ただあなたは、正面しか見ていない。隣を見ましたか？　その方は幸せのどの部分を見ていましたか？　あなたと同じところを見ていましたか？」

僕は怒濤《どとう》の攻撃を受けているようだった。

何も答えることができない。

いったいどうしたら……。

「お互い何を見ているか共有するべきでしたね。同じものを見ていても必ずしも一緒とは限りません。十人十色、ですよね。何が見えていたか聞くべきでしたね」

僕は何もしていなかった。

今まで何もしてあげられなかった。

もう、幸せだと思っていた。

その幸せは一瞬だったかもしれない。

その先をなぜ見られなかったのだろう。

幸せを維持するために、なぜもっと努力をしなかったのだろう。

見方を間違ってしまった。

色が違った。

「幸せはとても複雑な形をしています。一方向からだけじゃそれを理解することはとてもできません。誰にでも幸せになる権利はありますが、そんな簡単なことではないのです。あなたは一人じゃなかったのですから、もう一度そこのところを考えてみてはいかがですか」

これほどまでに心を刺激する言葉の集まりを僕は知らない。

なぜ僕がここにいるのか。

なぜ神はそこにいたのか。

そして、神はどこから来たのか。

僕がここにいることが信じられない。

僕が僕であるならばそれは、変えようのない真実なのであろう。


もう、涙は止まっていた。

全ての涙が出きったかな。

これも、神の意思か。

「雨、止みましたね」

神は言った。

「そうですね」

僕は答えた。

「やっぱり通り雨でした、雲も切れてきました。また、さっきの天気に戻りそうですね」

永遠に雨が降ることはない。

永遠に松並木が続くこともない。

では、永遠に幸せが続くこともないのだろうか。

雨が降る日もあれば、風が強い日もある。

雪が降る日もあれば、晴れ渡る日もある。

それら全ての現象を総じて『幸せ』というのであろう。

僕は甘かった。

人間としてとても甘かった。

僕はまた立ち上がり二、三歩ベンチを離れた。

「いい風ですね」
僕は言った。
神は何も答えなかった。
それが答えなのかもしれない。
僕にはやらなきゃいけないことが山ほどある。
いや、山ほどあることに気づかされた。
進むしかないみたいだ。
そして、登るしかないみたいだ。
僕は振り返った。
そこに、神はいなかった。
「神……、お名前は？」
誰もいないベンチに向かって僕は言った。
この風も、やっぱり悪くない。

35　神のお告げ

「始まり」

思えば色んなことがあった

そう

色んなこと

その一つ一つ

全てが大事だ
簡単に捨てることなんてできない
誰にも譲れない
譲りたくない
後悔の念
あの思い出は夢なのか
夢が覚めたのか

いや

そんなはずはない

今すぐにでも会える気がする

あの場所にいるだろうか

そこしかない

自分が行く場所は

信じてくれるだろうか
また一緒にいてくれるだろうか
変わるしかない
今の自分では
到底《とうてい》迎え入れてはもらえないだろう
一人前にならなければ
遠い

とても遠い
会える気がするのに
ずっと遠くにいる気がする
情けない
一人の人間として
非常に情けない

あれからどれくらいたっただろう
全てはあの場所から始まった
多くを語ったあの場所から
笑顔があり
涙があり
苦悩があり
助け合いもあり

助け合い……

本当に助けることができたか

今一度聞いてみたい

声を大にして

自分は必要でしたか

自分は必要ですか

この先も

人魚の講義

「あなたは？」

「私ですか？」

「はい」

「人魚と呼んでもらえれば結構です」

「人魚……さんですか？」

「人魚、でいいよ」

海というものはそれこそ壮大で、およそ人が想像しうる思考を簡単に超えてくる。

海の全てを知っている人はいるのだろうか。

いたとしたら、いったいその人は何者なのだろうか。

そもそも、海とはなんだろうか。

僕なんかの小さい容量じゃ分かるわけもないか。

「一つよろしい?」

「はい」

人魚は微笑《ほほえ》んで僕に聞いてきた。

「君は夢をお持ち?」

「夢ですか……」

もちろん僕には夢がある。

明日にでも叶うものじゃない。

それが、夢というものなんだろうけど。

できれば今日にでも叶えたい。

「お持ちのようだね。夢は誰しもが持っていいものの一つ」

「夢を叶えるのって大変ですよね？」

僕は言った。

素直な気持ちだ。

そして聞きたかった。

人魚の答えを。

大変なのは分かっている。

だからこそ聞いてみたかった。

「一度でも何かしらの夢を叶えたことがあるの？」

「え？　い、いや、ないです」

「では、なぜ大変だと思ったの？」

そう来るとは思わなかった。

ただ、言われてみれば確かにそうだ。

叶えたことのある人でなければ、分からないことかもしれない。

「そういう情報をよく耳にするからだと思います」

たくさん勉強したとか、長い年月をかけて達成したとか。

夢には努力がつきものであろうと思う。

「もしそんな情報がなかったら、君はどうする？」

質問の一つ一つがとても重く感じる。

どれも安易に答えることのできるものじゃない。

「夢のために勉強や努力をし続けるしかないと思います」

結局僕は、思っていることを言った。

「それは情報があってもなくても同じだね」

確かにその通りだ。

「情報には良いものも悪いものも両方存在する。そのせいで夢を諦《あきら》める人は、つまり、その程度ということ」

至極正論だ。

僕の気持ちはふらついている。

「夢は叶う、絶対に。そういう気持ちがまず必要だよね」

人魚はまた微笑んだ。

僕にはそういう気持ちが必要だ。

僕は本当に夢を叶えたいと思っているのだろうか。

現状から逃げ出したいだけなのではないか。

いや、すでに少し逃げ出しているのかもしれない。

走り出す前から僕は、後ろを向いてしまった。

後ろを向くぐらいならまだいい。過去を振り返るという意味で。

ただ僕は、後ろに進んでしまった。

わけも分からず。

この音は海の音か？
海の何の音か？
どこから音が出ているのか僕には分からない。
とにかく様々な音が飛び交っている。
海の日常生活か。
風の気まぐれな疾走《しっそう》か。
海の中の生物の談笑か。
はたまた海と風の境目の扉の開閉か。
今の僕には、それらの音がとてもせわしく感じる。
でも、これでも穏やかなほうなのだろう。
「生きていくうえで必要なものは何だと思う？」
「……お金、ですかね」
僕は正直に答えた。

色々あると思うが、やっぱりそこに行き着くと思う。

お金がある安心感。それはとても大きい。

「私もそう思う。人は自分を着飾り体温を調節し、食べて栄養を摂り、住むところを確保する。それが最低限の生活。その全てにお金が必要だよね」

なんだか道徳の授業を受けているみたいだ。

僕には人魚が先生に見えてしょうがない。

学校の授業は好きなほうではない。

でも、この授業は好きだ。

「ただ、お金が全てではないのも確か。たくさんのお金を持っているからといって、それが直接幸せに繋《つな》がるとは限らない」

幸せ……。

「幸せは、一人じゃ寂しいよね。君もそう思うでしょ？」

「は、はい。僕も……そう思います」

色んな方向から見た一つ、ということか。

「夢はお金のため？」

「い、いや、そういうわけじゃ……」

「夢を叶えるには、時間も必要、場所も必要、そして、お金も必要。場合によっては、ある程度、人との接触を遮断しなければいけない時もある」

僕にそれができるだろうか。

僕は、一人になれるだろうか。

「つまり、個になるということ。それこそ大変だよね。でも、寂しいよね」

僕も一人の時間は大事だと思う。

だけどそれは、一緒にいてくれる人がいることが大前提だ。

そういう人はとても支えになる。

しかし同時に、甘えにもなる。

僕は後者が前面に出てしまった。

甘えきってしまった。

「でも、それくらいの自己犠牲は必要。夢なんてそう簡単には叶わない。でも寂しいよね」

寂しいですよ。

泣きそうになった。

がむしゃらになってやって、一人になってしまったのならまだ分かる。

何もしていないのに一人になってしまった。

もう、がむしゃらになってやるしかない。

「ただお金が欲しいだけなら、社会人として働いたほうがいいよ。そのほうが安定だし安全。その子もそう思ってるよ。夢というものがあまりにも大きいと思ったのか、その子は少し身を引いたんだろうね。それ以外の要因もあるだろうけどね」

——さすがです。

この授業は何にも変えがたい。

……『その子』？

間違いなく人魚は『その子』って言った。

「あの……今、『その子』って……」

僕は自分の話を一切していない。

なのに、いきなり的確に照準を合わせてくる。

いや、いきなりではない。

話の道筋を立てて、きちんと僕の悩みを解消していく。

そもそも僕の過去を知っていないとできる沙汰《さた》ではない。

「分かるよ、それくらい。俗に言う〝顔に書いてある〟だよ」

人魚は、人魚先生は笑った。

笑えないよ、先生。

「僕って分かりやすいですか？」

「そうだね、顔に出やすいんだろうね。きっと、とても楽しいこと嬉しいこと幸せなこと、全部顔に出るんだろうね。いいことだと思うけどな」

「喜んでいいんですかね」

僕はとても複雑だった。

笑っている場合じゃない、楽しんでいる場合じゃない。

今はそんな時じゃない。

「君」

「はい」

「喜び方、忘れたの？」

「え？」


静止。

今感じるのは海の香りだけだ。

香りを肌で感じる。

海は壮大だ。

そして、香りも壮大だ。

海とは実は、僕の知らない宇宙と一緒なのかもしれない。

ただ違うのは、触れるという動作ができること。

「君はいつも笑っていた」

人魚先生は続けた。

「楽しい時はもちろん、どんな苦労、どんな苦悩があっても笑って乗り切ってこられたんじゃない？　当然それは周りの人に大きな影響を及ぼすよね。もちろん確固たる物証があるわけではないけどね。君は一生を楽しく過ごしたい。君の周りにいる多くの人も巻き込んでね。それって、すごいことだからね」

人魚先生。

……泣かせないでください。

「君は人を傷つけたくない、人を悲しませたくない、その感情がとても強いんだろうね。そのせいで、いざそういうことに直面したときにはとても弱い」

僕は聴くことしかできない。

「もしそうなった場合に君は、対処ができない。何をしたらいいのかが分からなくなってしまうんじゃない？　やさしすぎるがゆえに、自分自身を責めてしまうんだろうね」

願いもむなしく涙が溢《あふ》れてしまった。

駄目だ。

何度泣けば気が済むんだ。

僕の涙腺《るいせん》には学習能力が無いみたいだ。

「やさしすぎるのは悪いことじゃないけど、少しは自分の体を気遣ったほうがいいかもね」

僕にはもったいない言葉だ。

どうなってるんだ。いったい。

「そんな君なんだから、夢は絶対叶うよ。周りを巻き込む力があるんだったら、その力、少しの間自分に使ってみたら。少なくとも何かしらの変化は起きるよ」

「僕……そんなに器用じゃないです」

「今さら器用じゃないなんて信じられると思う？　今までの君、器用じゃないと成立しないよ。失敗や失態があるのは当たり前」

「はい」

叱咤《しった》激励とはこのことか。

「私は占《うらな》い師でもなければ予言者でもない。だから、今後全てがうまくいくとは言わない。でもやらないと始まらないよね。何事も」

「ありがとうございます」

素直に感謝の意を述べた。

始めないといけない。今の僕にはそれが足りない。

「君自身のためでもあるけど、その子のためにもがんばらないとね」

「その子……ですか」

「もしその子が待っていてくれるのであれば、始められるんじゃない？　今すぐにでも」

そうだ。

最終的には連れ戻す。そう決めたんだ。

今はその準備期間。

「お互いがお互いを必要とし合う、そんな環境がいいよね。ただ、夢だけ叶えればいいわけではない。なぜこうなったのか、なぜ少し距離を置いたのか、それを考えないといけない」

僕は涙をぬぐった。

泣きすぎだ、僕は。

「泣くことができる人ほど強い人はいないからね」

僕は少し恥ずかしくなってしまった。
僕はただの泣き虫ですよ。
先生の前で泣いている生徒です。

さっきとは違う海の音を感じる。
そして、海の香りも感じる
僕の置かれてる現状は、海にとってみたらほんのちっぽけなものだ。
だとしたら、何でもできる気がする。
もう一度一緒に。
あの時のように一緒に。
それだけが僕の願いだ。
「人魚さ……ん」

そっか、いないか。
また名前聞けなかった。
海に帰ったということかな。
壮大な海に。
とても、忙しい海に。
僕も帰らなければいけない。
あの場所に。

「信用」

嫌われた
そう思っている
薄々《うすうす》感づいていた
ただ目をそらしていた

ただ逃げていた
向き合うことを怠《おこた》った
そりゃそうだ
普通に考えれば
分かることだった
大人になりきれない子供
大人のふりをした子供

何も知らない大人
人間のふりをした人間
平らになった
いや、穴が開いた
そして落ちた
そして止まった

あの日から止まった
世界は回っている
自分だけが取り残されてるようだ
動きたい
回りたい
考えているだけだからか
考えて考えて熟考して

そして動かない
そして離れていった
徐々に徐々に
気づくのが遅すぎた
嫌われたのではない
愛想が尽きたのか

追いかけなければ
追いつかなければ
追い越して振り返らなければ
それでも足りないくらいだ
そして言おう
自分の思いのたけを
伝えよう

自分達の今後を

ボス猿の武勇伝

誰もいない。
見えているかぎり誰もいない。
目の前には猿山。
猿山の頂上には猿が一匹。
ただ、それだけ。
この園内、他の動物がまったくいない。
つまりここには、僕と猿しかいない。
「おい」

ん？

人の声がした。

僕は辺りを見回す。

僕以外に誰もいないと思っていたが、実はいたのか。

いない……か。

「だから、おいって」

だから、どこ？

その時、僕の視界に例の猿が飛び込んだ。

「おう、俺だ」

僕の知らないうちに猿は、日本語をしゃべるようになったのか。

もしくは、僕は相当病んでる。

いや、実際病んでいる。

「えーと、もしかして……」

僕は、お猿さんに話しかけている。

もう、わけが分からない。

「そのもしかしてだ。俺だよ」

俺だよって言われても。

僕は猿と言葉を交わしてしまった。

大丈夫か？

政府が僕を保護しに来ないだろうか。

「猿……だよね……」

僕は間違っていない。

どこからどう見ても猿だ。

まぎれもない。

「違うな、俺は猿じゃない」

政府よ、保護するのは僕じゃないあの猿だ。

「あの、僕には猿にしか見えないんですけど……」

もう、やけくそだ。

「俺は、ボス猿だ」

……自分で猿って言った。

猿が猿って言った。

「ボス猿……？」

「そう」

「いや、他に猿がいないけど……」

「今はな。じきに戻ってくるよ」

ま、こっちも僕以外の人間はいないけど。

もう普通に会話してしまっている。

一千万歩くらい譲るしかないか。

「そこに掲示板があるだろ」

僕は近くにあった掲示板に回り込んだ。

「俺の説明が書いてあるから」

書いてはあったが、汚れててよく分からなかった。

読み取れたのは、この猿山を統括する二代目ボスということと、左足を怪我《けが》しているということだけ。

「分かったか？」

「分かりました」

僕は言った。

猿の世界は僕には詳しく分からないが、どこの世界でもボスはすごいのだと思う。

「左足、大丈夫？」

「おう」

そう言って、ボスは左足を多少かばいながらも頂上から軽快に下りてきた。

そして、柵《さく》の近くの岩山まで来た。

僕とは、距離にして七、八メートルくらい。

柵の目の前にいる僕が少し見下ろす形だ。

「左足どうしたの？」

「これか」

ボスは左足をさすりながら言った。

「ボスの座争いでちょっとやられた。でも、ボスは俺だ。死ぬ気でやればどうにでもなる」

「そっか……。そこまでしてボスになりたかったの？」

素朴な疑問をぶつけた。

そこまでしてなりたいものなのかな……。

「当然だな。一生を左右する」

一生……。

「人間社会と一緒。そう簡単には上に上がれない。実績が必要だ。そして這《は》い上がって信頼を得る。ただそこには、大きな責任がある」

すごいことを言っている。

そう簡単に口にできる言葉じゃない。

左足を負傷して、やっとそこにたどり着く。

僕なんかが太刀打《たちう》ちできるものじゃない。

こんな甘い僕なんかが。

「何をやるにも『できない』なんて絶対にない。できないじゃなくてやらないだけだ。やってもできないのは足りないだけ。やってもいない奴が文句を言うのは間違ってる。それはただの言い訳に過ぎない」

感服。

これほどまでとは思わなかった。

僕の今までの考えは、言い訳の羅列《られつ》。できない理由ばかりを探していた。

そうではない。どうやったらできるか、どうすれば成功するか、それを探さなければいけなかった。

そしてそれを実行に移す。

そう、死ぬ気で。

「ただ、同じような考えの奴もいる。色んな奴が俺に挑戦してくる。だから、毎日緊張していなくてはいけない。いつ何時《なんどき》挑《いど》んでくるか分からないからな。だから相当な精神力を持っていなければならない」

もう、敬《うやま》うしかない。

「そういう考えは誰でも持つことができますか？」

「あんた、俺の話聞いてたか？」

「え？……あっ」

僕は馬鹿か。

「そうだよ、できないなんて絶対にない。その時点でできていない理由を探すことだな」

人の心まで読めるのか？

「どうしたらできるのか探すのもいいけど、やっぱりやることだな」

――ですよね……。

心なしかボスがさっきより大きく見えた。

「今までやらなかったんだろ？」

唐突にボスは聞いてきた。

なんだ……ボスは過去も読めるのか……。

「そうだね……」

「けなしてるわけじゃないけどさ、足りなかったんだよ。あんたならもっとできると思うよ。少なくとも俺よりはできるよ」

なんかボスに言われると勇気がわいてくる。

ただ、そんなわけがない。

こういう結果になったのはつまり、そういうこと。

僕にはボスのような信念がない。

逃げて逃げて挑戦もせずにただ夢ばかり見ていた。

夢追い人ですらない。

「僕は……駄目な人間なんだ」

「それで、諦めるのか？」

ボスはずっと見上げている。

僕のことをずっと見ている。

僕は目を合わせることができない。

「諦めたくは……ない」

これは、僕の本心。

それだけは間違いない。

それがあるから今、生きていけてるようなもの。

「あんたには何か夢があんだろ？　しかも、失ったもん取り戻さなきゃいけないんだろ？　あんたの場合、そっちのほうが重要みたいだな」

——占い師ですね、今度は……。

——僕の今後はどうなるんですか……。

「さすがですね……」

「同時に全てをやるのは容易《たやす》いことじゃない。数にもよるが、さすがに俺でもきついものがある。そうならないように進めていくのが普通かもしれない」

そう、まさにその通り。

おっしゃる通りです。

「ただ、どんな理由があるにせよ、どんな状況になろうと、どんな逆境が待っていようと、あんたがやることは一つだ」

「一つ……？」

「そう、一つだ」

僕にはやらなきゃいけないことがたくさんある。

ありすぎて頭の中が崩壊しそうだ。

それが、一つ……。

「取り戻すんだろ？　それだけだろ？」

僕はうなずいた。

「俺は、諦めたり弱音を吐くヤツは嫌いなんだ。一度言ったからには確実にやり遂げる。有言実行ってやつだな」

聞いたことあるな。

どっかで聞いたことのある言葉だ。

「逆に、諦めたり弱音を吐くことが好きなヤツを見てみたいよ」

決して揺るがない心。僕にはそれが欠けていたのかもしれない。

実行できていない僕には……。

「あんたじゃないよな?」

「僕……?」

「諦めるわけじゃないよな? 俺は今初めて、そういうヤツを見てるのか?」

僕は変わらなきゃいけない。

「僕を見てても一生見られないよ」

僕は言ってやった。

「生意気だな」

ボスは少し笑った——ように見えた。

「まずは、信頼と信用を修復しないとな。全てはそこからだ」

僕はまだ定位置に着いていない。

早く戻らないと、定位置に。

立ち止まってる場合じゃなかった。

僕にはそんな時間はないはずだ。

「目が変わったな」

「目……？」

「目の色が良くなった。まだまだ良くなりそうだ」

悪い気はしない。

いや、単純に嬉しい。

「そんなあんたに提案だ」

「何？」

「今の俺に、挑戦しないか？」

ボスは本気で言っている――ように見えた。

「いや、遠慮するよ」

僕にはまだ挑戦する権利なんてない。

そこまでの人間じゃない。

挑戦することを許されただけでも成長したのかな。

「そっか、今のあんたなら、いい勝負になると思ったんだけどな」

「左足」

僕は言った。

ボスはおもむろに自分の左足を見た。

するとボスは言った。

「何言ってんだ。問題ないね」

「僕も怪我するくらい死ぬ気でやって、納得したら挑みに来るよ」

「やっぱ、生意気だな」

ボスはまた少し笑った――たぶん。

「つまり、このボスの座は死守しないといけないな。あんたが来るまでは」

そしてボスは左足を気にすることなく、岩山の頂上まで駆け登っていった。

僕は振り返った。
そこにはあの掲示板があった。
さっきまでは汚れていてあんまり分からなかった。
ただ、今はなぜかきれいになっている。
僕は改めて掲示板を眺めた。
「ヨワムシ……」
僕はつぶやいた。
なかなかひどい名前を付けられてたな。
それが今やボスか……。
説得力あるな。
つまるところ僕は……
「ナキムシ……」
あたりかな。

「決意」

今までありがとう
本当にありがとう
とても楽しかった
迷惑たくさんかけたけど

いい思い出だった
あの時のあなたのおかげで
目が覚めました
だいぶ時間がかかったけど
本当はあの時
真っ暗になってしまった
先がまったく見えず

振り返っても真っ暗

四方八方

真っ暗という何かに

包囲されていました

しかし

今までそれに気づかなかった

実はあの時以前からすでに
もう始まっていたのですね

それを
教えてくれたのですね
全ての始まりはあなたからでした
全てを捧《ささ》げるつもりでいました
だとしたら

なんでもできる
本気であったなら
なんでもできる
寝てる場合じゃない
そろそろ
夢を見るのはやめて

その先の夢を見ることにしよう
幸せの形
夢の意味
心の真意
これらを
共に

少年の物語

その公園には、すべり台がある。
シーソーもあり、鉄棒もある。
ブランコもあり、ベンチもある。
遊具は一通り揃っている。
そして、中央には割と大きめな砂場がある。
そこには七、八歳くらいの少年が一人で遊んでいた。
近くに親はいない。
そもそも、周囲に人は僕しかいない。

またこの状況か。

すると、少年がこっちを見てきた。

……一緒に遊びたいのかな？

――遊んであげましょう。

僕は砂場に向かった。


「何してるの？」

僕は少年の目の前に、同じような姿勢でしゃがみこんだ。

「遊んでるんだよ」

「一人で？」

「違うよ、二人だよ」

「二人？」

僕にはもう一人が確認できない。

さっきまではいたのかな。

「一人でしょ、他の子はどこ行ったの？」

「お兄ちゃん、足し算できないの？」

「足し算？」

急に話が変わった。

僕の話を聞いていないのかな？

「お兄ちゃん、足し算知らないのー？」

お兄ちゃんは足し算を知っています。

言い返してもしょうがない、大人の対応、大人の対応。

「お兄ちゃんに教えてくれる？」

「教えなーい」

……大人の対応。

「教えてよ、足し算」

「じゃー今日だけだよ」

すると少年は僕を見て言った。

「うちとお兄ちゃんで二人。でしょー」

……なるほど。

僕はすでに遊んでいることになってるのね。

つまり、さっきまでは一人で遊んでたのか。

「そうだね、二人だね」

「そうだよ」

少年と僕は砂場の端《はし》のほうを陣取っていた。

少年は手元の砂をかき集め、山を作っている。

ただひたすらその山を大きくしている。

「山、好きなの？」

「うん、好きだよ」

少年は、僕を見ることなく砂をかき集めながら言った。

「どんな山が好き？」

僕は聞いた。

すると少年の手が止まり僕を見上げた。

そして満面の笑みで答えた。

「つるぎだけー」

ツルギダケ……。

僕はてっきり富士山を予想していた。

山の名前なんて正直そんなに知らない。なんでまたキノコみたいな名前の山を……。

「お兄ちゃん知ってるー？　剣岳《つるぎだけ》ー」

「う、うん。知ってるよ」

どっかで聞いたことある、程度だ。僕はその山の情報をまったく知らない。

「お兄ちゃん、知らないでしょー」

ご名答。お兄ちゃんは剣岳を知りません。

「そ、そうなんだ、そんなに詳しくないんだ」

この答え方は少しずるいかな。

ずるい大人……かな。

「うそー、お兄ちゃん何も知らないー。キノコじゃないからね」

ご明察。

少年はふてくされたのか、また砂をかき集め始めた。

興味があることに没頭する。少年は山が本当に好きみたいだ。

僕が小さい頃は何に興味抱いていただろう。

そして、何を思っていただろう。

今の僕を想像していただろうか。

少年もまた何を想像しているだろうか。

将来の自分を想像しているだろうか。

そんなことを思う。

「剣岳って、あと一メートルちょっとで三千メートルだったんだよ」

「そうなの？」

「そうだよ、惜《お》しいよねー」

基準が分からないが、三千の区切りにはたしかに惜しい。

それでも十分立派だ。

「あとね、とっても危ないんだって」

少年は手元を休めることなく言った。

「危ない？」

「そー。登るの大変なんだって」

「そうなんだ」

山登り自体、そう簡単なものではない。

昔、学校行事で一度どこかの山に登ったことがある。とても辛《つら》かった思い出しかない。

剣岳はその中でも危険なほうなのか。

「だからね」

「うん」

「ちゃんと準備しないといけないんだよ」


作り上げた山は、しゃがんだ少年の頭の高さまで到達していた。

そして少年は手を止めた。

両手についた砂をズボンで払い、立ち上がった。

——案外大きいな。

僕は思った。

「疲れた？」

「ちょっとね。少し休憩ー」

僕も立ち上がり、ベンチを指差した。

「あそこで休憩する？」

「するー」

少年は駆け足でベンチに向かった。

「ちょっ……と」

元気だな。

僕にもあれだけの元気があれば……。

「ちょっと、転ばないでよ」

そう言って僕は歩き出した。

そして、つまずいた。

砂場にはぽつんと小さな山がある。

それを見ながら僕らはベンチに座っていた。

まるで、あの時のようだ。

神と座ったあの時のよう。

「あの山はあとどれくらい大きくするの？」

僕は、少年が見ているであろう山を見つめた。

「あと、ちょっと」

「ちょっとか」

「そう、一メートルちょっとにするの」

「一メートルちょっと？」

自分の中で、何かあるんだろうな、きっと。今日はここまでやる、という。

「剣岳」

「剣岳……？」

「あと、一メートルちょっとで三千メートル」

そういうことか。

足りない分を作っていたのか。

「かわいそうだから、作ってあげるんだよ」

すごい。

僕は単純にすごいと思った。

純粋無垢《むく》がゆえに到達できる発想だ。

「だから、あとちょっとだよ」

「そうだね」

あれは小剣岳。

そんなところかな。

僕はなぜかその山に見惚《みと》れた。

小さい山だが大きなものを感じる。そう思った。

少年は足をブラブラさせ、その勢いでベンチを降りた。

その姿を見て僕は言った。

「もう元気になった？」

「うん」

ずいぶん早いな。

さすがに、持っている体力が僕と全然違うな。

「あの山をね」

少年は両腕、両手を広げ、大きな声で僕に言った。

「剣岳に持って行って三千メートルにするのが夢」

ずいぶんと壮大な夢だな。

まるで、海のようだ。

ただ、実際問題それは……。

「何度も何度も作ってるんだよ」

少年は小さな山を見ながら言った。

僕はその少年の背中を見ていた。

少年の背中は震えていた。

「雨で……雨でなくなってた。風が強くて……作っても作っても……。友達につぶされたり、犬が来たり……」

少年は堪《こら》えていた。

必死に涙を堪えていた。

僕には見守ることしかできない。

「がんばって作っても……次の日には……ないんだ」

少年の思いは大きい。

この小さな体でとてつもなく大きい。

少年は、泣いた。
大きな声で泣いた。
溜まっていたものが溢れ出ていくかのように。
「な、何度も……な……」
僕がかけられる言葉はあるだろうか。
少年の思いをつぶさずに、かつ勇気を与えられる言葉はあるだろうか。
情けないいな……僕は。

どのくらい経《た》っただろうか。
少年は下を向いたまま動かない。
声をかけてみるか、僕の精一杯の。
僕が立ち上がったと同時に少年は、顔を上げた。

そして、振り返った。

目が真っ赤だよ。

僕も泣きそうだ。

「お兄ちゃん」

「どうした?」

本当、弟みたいだ。

「だからね、山登るんだ」

少年は、はっきりした声で言った。

「山……、剣岳」

「そう、剣岳。一番上まで行ってそこで一メートルちょっとの山を作る」

少年は再び笑顔になった。

強いな。

僕なんかよりも数段上だ。

逃げることをしない。

めげることもしない。

さらには、その先を見ている。

僕には少年から学ぶべきことがたくさんある。

「だけど、とっても危ない。今のままじゃ全然登れない。だから、いっぱい食べて大きくなって、いっぱい勉強して準備をするんだ。それで一番上まで登るんだ。で、山を作る。それが夢」

夢……。

夢のためにその山に挑む。

少年はすでにそのことを知っている。

しかも、自分で考えて。

本当に僕は情けない。

逆に勇気づけられてしまった。

なんて少年なんだ。

「すごい夢だね」

「そうでしょー。お兄ちゃんはなんか夢あるの？」

「もちろんあるよ」

「わー、どんな山登るの？」

「い、いやー、山じゃないんだなー」

「えー、何登るの？」

「の、登るとかでもないんだなー」

ある意味登るというのは間違っていないかもしれない。

登りつめる。頂上には……。

少年の見本にならなければ。

そして、もう一度少年に会いたい。

その頃には青年になっているのかな。

「お兄ちゃんの夢はー」

「今度教えるよ」

「今度っていつー」

「近々ね」

「チカヂカ……?」

ちょっとここで遊んでいこう。

こういう立ち止まりも必要かな。

「ピカピカー?」

「人生」

人生は長い。
一日ですら長い。
それをどう使うかは本人次第。
使い方は無限にあるが、時間は有限である。
使い方を間違えると、立て直すのに倍以上の時間がかかる。
それに気づくか、気づかないか。
経験しても分からない時がある。
悔やんでも仕方ないが、学習をしないといけない。

せっかくそういう能力があるんだから、最大限に生かしたい。
そういう意味では、失敗も一つの糧《かて》なのかもしれない。
誰もが失敗をしたくはないが、立ち止まってはいけない。
もう一度、倍以上の時間をかけて元に戻す。
そして、先に進む。
二十四時間もあれば、なんでもできる。
一週間あれば、立て直すこともできる。
一年もあれば、進むことができる。
そう思えば、なんとかなりそうな気がする。
生まれてから立ち上がるまで時間がかかる。
言葉を発するまで時間がかかる。
会話できるようになるまで時間がかかる。
箸《はし》を持てるようになるまで時間がかかる。

親の手から離れるまで時間がかかる。
人間そう簡単には変われない。
ただ、唯一気持ちだけはすぐ切り替えることができる。
もちろん個人差はある。
ここを切り替えられるか、切り替えられないかで大きな違いになる。
要は考えようなのだろうと思う。

一人じゃ生きていけない。
それは、一人になって気づくことかもしれない。
そばにいて当たり前だった。
いることが自然であり、いないことが不自然でもある。
すでに、生まれてくる段階から一人ではない。

父親がいて、母親がいる。
色んな条件下で一人でも強い人もいる。
しかし、そんなたくさんはいないだろう。
少なくとも僕は強くない。
一人では生きていけない。
そろそろ現実を見ないと。
そろそろ将来を始めないと。
去っていったあの人に顔向けができない。
変わる機会を与えてくれたあの人に。
もう、失うものがないから。
足掻《あが》いてみよう。
そして、伝えよう。
全力のありがとうと。

心からのただいまを。

これからの行動

「おーい」

部屋の外から大きな声が聞こえた。

その声で僕は我に返った。

そして、連続して響くチャイム音。その異なった二つの音が交差して、僕の脳を刺激した。

何だ？

そう思いながら玄関に向かった。

「おーい、生きてるかー」

分かった、分かった。僕は、そうつぶやきながらドアを開けた。

「おー、生きてたか」

ドアの向こうに立っていたのは、数少ない友達の一人。

「はっ？　何言ってんだ」

「なんでもないよ」

「意外に元気そうだな」

「今は割とね」

なんか色々あった気がする。

いや、色々あったな、間違いなく。

そして友人は、僕をじろじろ見て言った。

「準備はでき……てないな」

「準備……？」

「落ち込むのは分かるけど、まだ立ち直ってないのか」

「まー否定はできないけど……」

「ったく、何もしてないのか」

今僕は、混乱の渦の中にいる。

「えーとー、なんの準備だっけ？」

「はー？　山登るんだろ？　買い出しもしたろ、一緒に」

山……え？　もしかして？

「剣岳……？」

「はいはい、自分の小さい頃の面白話は後にしてくれ」

「え？　自分？」

「何？」

僕は渦から抜け出せないでいる。

目が回りそうだ。

「な、何しに行くの？」

「山に柴刈《しばか》りに行くとでも思うのか？」

桃太郎ね。なかなかの返しだ。

いや、そんなこと考えてる場合じゃない。

話が一向《いっこう》につかめない。

「名前忘れたけど、その山にいる猿、見に行くって言ったろ？」

――渦の下は泥沼でしたか……。

こりゃー出られないなー。

「突っ立ってないで準備だ。やってやるから」

そう言って、友人は靴《くつ》を大胆に脱ぎ捨てて僕の横を通り過ぎ、部屋の奥まで入っていった。

僕はそのまま動けなかった。

夢か現実か。

現実か夢か。

あの時の少年は……。

あの時のボス猿は……。

「本読んでたろー」

友人は大きな声で言った。

読んでたかな……。

「なんか途中みたいだから、とりあえず入れとくぞ」

「あ、ありがと」

大きめのバッグに友人が色々詰め込んでいる姿を僕はただ見ていた。

何読んでたんだっけな。

マーメイド……。

ちょっと思い出せない。

後で読めばいっか。

「あっ、僕も手伝うよ」

僕は部屋に戻った。

「手伝ってんのはこっちだよ！」

友人は呆《あき》れた声で叫んだ。

泥沼の下にはきっと道がある。

その道を歩くためにも、僕は始めなければいけない。進まなくてはいけない。

そのことに気づかせてくれる長い休憩だったのだろう。

早く休憩から戻ろう。そのためにもがんばるか。


僕は友人と二人で家を出た。

冷たい風。

それは心地よい風。

晴れ渡る空でのこの風は、とても気持ちいい。

永遠に続きそうな松並木の通りを歩く。

永遠は存在する。

この松並木もきっと終わらない。

すると、前方に、老夫婦の歩く姿が見えた。僕は当然のように声をかけた。

「……さん」

お爺《じい》さんは声を聞いてゆっくりと僕を振り返り、はっきりとした口調で言った。

「お前さんかい」

僕はお爺さんとお婆《ばあ》さん、両方に挨拶《あいさつ》をして、お爺さんに問いかけた。

「この道よく通るのですか？　何をしていたんですか？」

お爺さんは再び歩き出す。僕は慌てて後を追う。

「ちょっと待ってくださいよ」

老夫婦は松並木の通りを歩く。その後ろを僕が、さらに後ろを友人がついて歩く。

「いい風だ」

「そうですね」

お爺さんとお婆さんはそんな会話をしながら、ゆっくりとした足取り、しかし、着実に前に進む。

僕はお爺さんの横に並び、また声をかけた。

「教えてくださいよ」

「なんだい」

「何をしていたんですか」

二人は同時に足を止めた。お爺さんはベンチを指しながら答えた。

「あのベンチに座って長めの休憩をしていました」

するとお婆さんは、驚いたようにお爺さんに言った。

「またそのような言い方をして。あのときのことを根に持っているのですか?」

「いやいや、感謝をしているのですよ。本当ですよ」

二人にだけ分かる会話。

ただ、休憩……。まるで今の僕に与えられた状況と同じだ。

老夫婦は再び歩を進め、そのベンチにたどり着くと、二人で腰を下ろした。

僕は友人をちらりと見て、ちゃんとついて来ていることを確認してから、また先に進んだ。

僕が追いつくと、お爺さんは僕への返事の続きだろう、こう言った。

「ここに座っていたら子供がやってきて、泣いてしまいました。だから、見てあげていたんですよ」

お爺さんの返事にお婆さんが答える。

「あらあら、大丈夫そうでしたか？」

「夢をかなえると言って、泣いていたんですよ。風の話をしてあげました。あと、雨の話も。泣き虫な子でしたよ、昔の僕と同じで」

二人の前を心地よい風が通り過ぎた。僕には、風の色が見えたような気がした。

「おい、行くよ。では、僕はこれで」
僕は友人に声をかけ、二人にお辞儀《じぎ》をして歩き出した。

進むしかないみたいだ。
そして、登るしかないみたいだ。
この風も、やっぱり悪くない――僕は笑顔で前を向いた。

著者プロフィール

さいとう　ゆういち

1984年生まれ。東京都出身。
東海大学卒業。

願わくは

2015年10月15日　初版第１刷発行

著　者　さいとう　ゆういち
発行者　瓜谷 綱延
発行所　株式会社文芸社
〒160-0022　東京都新宿区新宿1－10－1
電話　03-5369-3060（編集）
03-5369-2299（販売）

印刷所　株式会社平河工業社

ISBN978-4-286-16660-5